DER TAGE AMSEL

avant-verlag

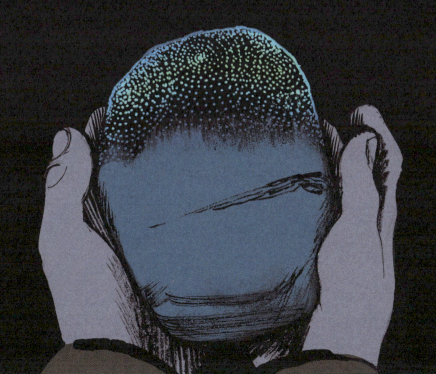

5 **HILFE!**

13 **KLASSENFAHRT**

Entstanden im Auftrag des Goethe-Instituts in Zusammenhang mit zwei Künstlerresidenzen in Berlin und Paris.
Erstveröffentlichung in der Onlineausgabe der italienischen Zeitung *La Repubblica*

21 **POSTKARTE AUS OSLO**

26 **POSTKARTE AUS DEM SALENTO**

Erstveröffentlichung 2007 und 2008 in der italienischen Zeitschrift *Internazionale*

33 **DIE GESCHICHTE VON GABRIEL C.**

Die Geschichte ist von einer Reihe unveröffentlichter, von Hubert Bieser wiederentdeckter Krankenhausakten der psychiatrischen Klinik Ville-Évrard inspiriert, wo während des Ersten Weltkriegs Soldaten mit psychischen Problemen behandelt wurden.
Ich habe versucht, so nah wie möglich an den dort gesammelten klinischen Fakten zu bleiben.
Erstveröffentlichung: *Vies Tranchés*, Delcourt, 2010

41 DER MALER
Erstveröffentlichung 2011 in *LE MONDE diplomatique*

45 GROSSMUTTER UND ENKEL
Diese Geschichte entstammt einem langen Interview, das Christoph Dabitch mit laotischen EmigrantInnen in Paris geführt hat.
Erstveröffentlichung: *Collectif Immigrants*, Futuropolis, 2011

55 DIE TAGE DER AMSEL
Erstveröffentlichung: *L'età della febbre*, minimum fax, 2015

85 WIE ES UNS GEHT
Erstveröffentlichung in der italienischen Zeitung *La Stampa* nach den Attentaten vom 13. November 2015 in Paris

91 GARE DE L'EST
Erstveröffentlichung in *Papier Gaché #4*, 2010

HILFE!

KLASSENFAHRT

POSTKARTE AUS OSLO

POSTKARTE AUS DEM SALENTO

VERSCHWUNDEN – LAURA G. AUS RIETI, IN DER NACHT VOM 23. ZUM 24. AUGUST, VOM CAMPINGPLATZ IDRUSA IN OTRANTO. 23 JAHRE, 1,73 M GROSS, KURZE, BRAUNE HAARE, BRAUNE AUGEN. SIE TRUG EIN GRÜNES T-SHIRT, SCHWARZE SHORTS UND LEDERSANDALEN. WER SIE GESEHEN HAT, MELDE SICH BITTE DRINGEND UNTER 080XXXXXXXX.

IRGENDWANN KOMMT IMMER DER MOMENT IM SOMMERURLAUB, IN DEM ICH MICH FRAGE: WOZU DAS ALLES? ANNELISE UND ICH FLIEGEN MIT EINEM BILLIGFLIEGER NACH NEAPEL, LASSEN UNS DIE KAMERA KLAUEN UND FAHREN SOFORT NACH BARI WEITER.

FRUSTRIERT VON DIESEM FEHLSTART ERREICHEN WIR OTRANTO, WO DIE NACHRICHT ÜBER DIESE VERSCHWUNDENE FRAU – IM URLAUB WIE WIR – UNS IN DIE REALITÄT ZURÜCKHOLT: ALLES LÄUFT GUT, WIR KÖNNEN UNS NICHT BEKLAGEN.

NICHTS HÄLT MICH HIER, DAS STIMMT. ICH HABE IN APULIEN DIE GRUNDSCHULE BESUCHT, ABER ICH BIN KEIN APULIER, SONDERN IN DER ROMAGNA GEBOREN. ICH BIN ABER AUCH KEIN ROMAGNOLO, MEINE ELTERN STAMMEN AUS DEM FRIAUL. MEHR NOCH, NACH ZEHN JAHREN, IN DENEN ICH ZWISCHEN DEUTSCHLAND, ÄGYPTEN, NORWEGEN UND FRANKREICH UNTERWEGS WAR, BIN ICH VIELLEICHT NICHT MAL MEHR ITALIENER. AUCH FÜR ANNELISE IST HIER ALLES ANDERS ALS IN IHRER NORMANDIE: DIE ÜPPIGEN FARBEN DES MITTELMEERRAUMS, DAS SATTE BLAU, DAS ROSTIGE ROT, DAS DUNKLE GRÜN DER PINIEN. UND DAS GLÜHENDE GRAU DER FAST LEEREN STAATSSTRASSE.

IM RADIO WIRD GEMELDET, DASS GESTERN ABEND AUF DIESEN STRASSEN FÜNF JUNGE LEUTE BEI EINEM VERKEHRSUNFALL GESTORBEN SIND.

ABER WIR SIND IM URLAUB, WIR KÖNNEN UNS VON DEN LOKALNACHRICHTEN NICHT RUNTERZIEHEN LASSEN. WIR WOLLEN UNS ABLENKEN, AN NICHTS TRAURIGES DENKEN. WIR SIND GERADE DABEI, DIESE HARMONIE WIEDERZUFINDEN, DIE SICH IN DER ROUTINE DES PARISER WINTERS AUFBRAUCHT. UNS SCHEINT, DASS WIR GLÜCKLICH SIND. DARAUF HABEN WIR DOCH EIN RECHT, ODER?

SCHON WIEDER DIE ZEITUNG?

DAS IST UNFASSBAR, HÖR ZU!

„ÜBERHÖHTE GESCHWINDIGKEIT, EVENTUELL ZUSAMMEN MIT EINEM GEWAGTEN ÜBERHOLMANÖVER, FÜHRTE ZU EINEM FRONTALZUSAMMENSTOSS, DER WEITERE SIEBEN JUNGE LEUTE AUS DEM SALENTO DAS LEBEN KOSTETE. DAS ENTGEGENKOMMENDE AUTO WOLLTE AUSWEICHEN UND KRACHTE IN EINEN MINI. EIN EINZIGES BLUTBAD."

ICH FLIEGE MIT MEINEN AUGEN ZUM TITEL DES NÄCHSTEN ARTIKELS.

„SCHOCKKADAVER"
DARIN STEHT, DASS DIE AUTOINDUSTRIE DIE UNFALLWAGEN AM STRASSENRAND ABSTELLEN MÖCHTE, ALS MAHNUNG FÜR DIE FAHRER. ZUERST DACHTE ICH, DASS SIE HIER DIE LEICHNAME MEINEN, NICHT DIE AUTOWRACKS.

DABEI SIND DIE STRASSEN IMMER LEER.

C'EST INCROYABLE.

FANTASTISCH. HAST DU DIE ROSETTE GESEHEN?

WUNDERSCHÖN. WELCHER STIL IST DAS?

BAROCK. LECCESER BAROCK.

HA HA! HI HI!

SCHAU MAL, MANU.

WAS IST?

SIE HABEN SIE GEFUNDEN.

WEN DENN?

DIE FRAU VOM CAMPING, SIE HABEN SIE GEFUNDEN.

DIE JUNGE FRAU?

JA. SIE LEBT!

SIE LEBT.

SIEBEN TOTE, FÜNF TOTE. KLINGT NACH EINER FERNEN WELT, NICHT NACH DEM SALENTO.

MANU, FAHR BITTE LANGSAMER.

ICH FAHRE LANGSAM.

IN LECCE HALTEN WIR KURZ AN, OKAY?

UND DANN IST DA DIESE JUNGE FRAU, DIE SEIT ZWEI TAGEN VERSCHWUNDEN IST. WO SIE WOHL IST? OB SIE WAS GEGESSEN HAT? OB SIE VERGEWALTIGT WURDE? ODER UMGEBRACHT?

WIR FAHREN WEITER NACH GALATINA. DORT HABE ICH ALS KIND GELEBT.

DIE GESCHICHTE VON GABRIEL C.

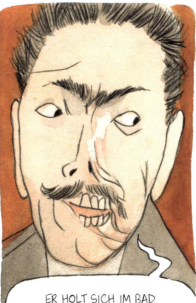

IM WASCHRAUM HAT SICH DER KRANKE DAS GLIED UND DIE HODEN MIT EINEM KÜCHENMESSER ABGETRENNT. ICH HABE DIE BLUTUNG MIT EINER SPRITZE KAMPFERÖL GESTOPPT. DIE AMBULANZ WURDE SOFORT GERUFEN UND TRAF CIRCA ZWEI STUNDEN NACH DEM UNFALL EIN. IN DER ZWISCHENZEIT HAT M. DE FURSAC DEN PATIENTEN ANGESEHEN UND IHM 500 ML SERUM VERABREICHT.

DER MALER

GROSSMUTTER UND ENKEL

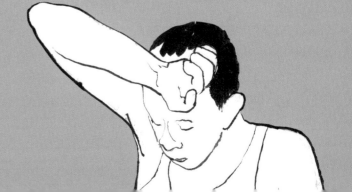

1. Großmutter N'Guyen

Ich war in verschiedenen Ländern, bevor ich nach Frankreich kam.

Mit zwanzig habe ich geheiratet. In sechs Jahren bekam ich fünf Kinder.

Zuerst habe ich Croissants verkauft, dann Lebensmittel, Kleidung, Benzin. Ich lebte in einer Kleinstadt im Flachland.

Ich schaffte es, zwei Läden aufzumachen mit einer Wohnung darüber. Ich stand um sechs auf, wusch Wäsche, breitete die Ware aus und öffnete den Laden. Danach kümmerte ich mich um die Kinder. Ich kam niemals vor Mitternacht zur Ruhe.

Ein Leben ohne Probleme.

Ich wurde 1979 in Paris geboren.

Ich habe ein bisschen überall gelebt, in allen Vierteln, in denen die Asiaten leben.

Wir arbeiten alle im selben japanischen Restaurant, die Franzosen können uns eh nicht unterscheiden. Wir helfen uns gegenseitig, daher sind wir manchmal 10, 15 oder 20 Menschen in einer Wohnung.

Jetzt ist es besser als am Anfang.

Jeder hat sein Zimmer.

Ich fühle mich wie ein Mix aus zwei Kulturen. Auch wenn ich theoretisch Franzose bin, und zwar hundertprozentig, fühle ich mich praktisch nur zur Hälfte so.

Wir integrieren uns nicht, wir vermischen uns nicht, wir bleiben unter uns, es gibt unter uns eine gewisse Autonomie. Diaspora ist der richtige Begriff, der unserer Gemeinschaft entspricht.

Der Asiate nimmt sich, was er braucht, der Rest ... das Wichtigste ist, die eigene Kultur intakt zu halten, sie gut abzugrenzen.

Ich bin noch nie in Laos gewesen, aber ich fühle mich trotzdem als Laote.

Da meine Großmutter von dort aufgebrochen ist ... muss man eines Tages dahin zurückkehren.

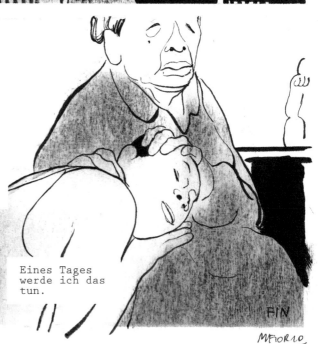

Eines Tages werde ich das tun.

FIN

DIE TAGE DER AMSEL

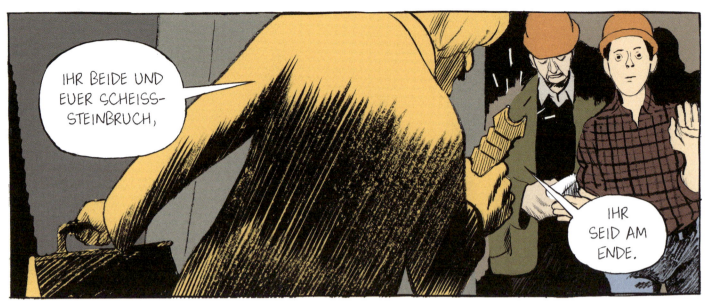

WIE ES UNS GEHT

GARE DE L'EST

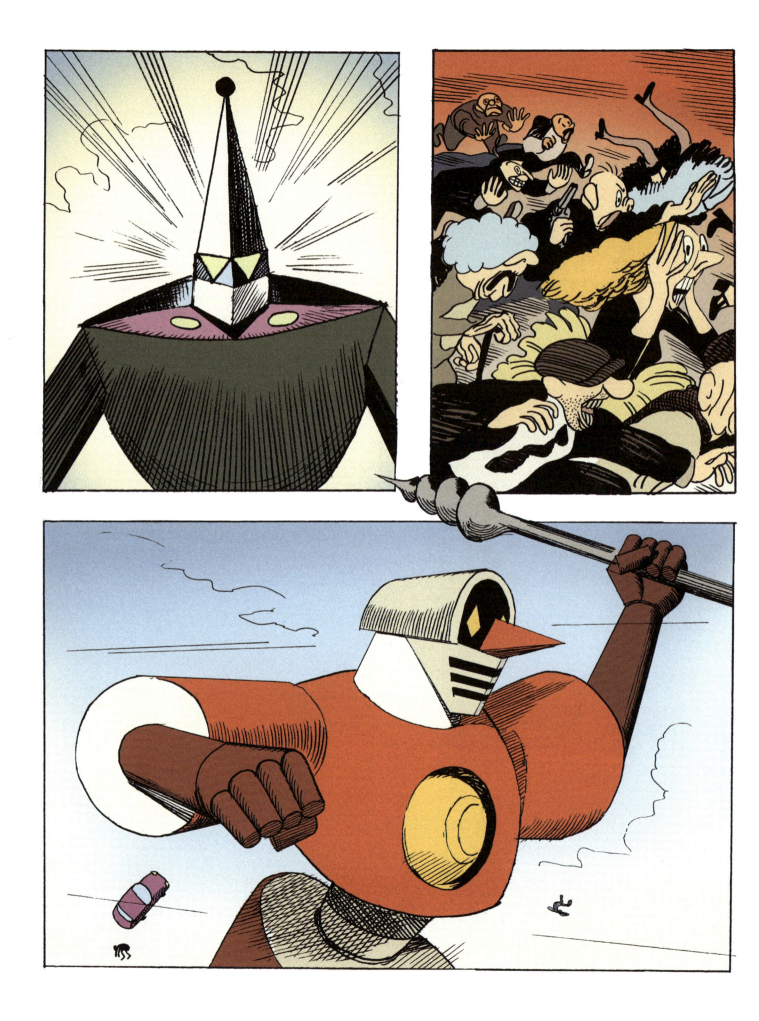

DANKE

an Nicola Andreani, Daniele Fior, Christophe Dabitch.
Für „Gare de l'Est" habe ich mich einer überaus wertvollen
Farbstudie Claudio Acciaris bedient: unendlichen Dank dafür.

Ebenfalls von Manuele Fior
im avant-verlag erschienen:

d'Orsay–Variationen
ISBN: 978-3-945034-47-7

Fräulein Else
ISBN: 978-3-945034-43-9

Die Übertragung
ISBN: 978-3-939080-78-7

Fünftausend Kilometer in der Sekunde
ISBN: 978-3-939080-54-1

Ikarus
ISBN: 978-3-939080-14-5

Menschen am Sonntag
ISBN: 978-3-980942-83-6

DIE TAGE DER AMSEL

Text & Zeichnungen: Manuele Fior
ISBN: 978-3-945034-81-1

Übersetzung aus dem Italienischen von Carola Köhler

© Manuele Fior & avant-verlag, 2018
Redaktion: Johann Ulrich & Benjamin Mildner
Korrektur: Benjamin Mildner
Gestaltung, Lettering & Produktion: Thomas Gilke
Herausgeber: Johann Ulrich

avant-verlag · Weichselplatz 3-4 · 12045 Berlin
info@avant-verlag.de · www.avant-verlag.de

Mehr Informationen und kostenlose Leseproben finden Sie online:
www.avant-verlag.de
facebook.com/ avant-verlag